Les f

MW00744746

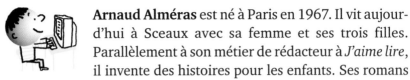

**Arnaud Alméras** est né à Paris en 1967. Il vit aujourd'hui à Sceaux avec sa femme et ses trois filles. Parallèlement à son métier de rédacteur à *J'aime lire*, il invente des histoires pour les enfants. Ses romans sont publiés chez Nathan, Flammarion, Lito, Milan, l'École des Loisirs, Tourbillon et Bayard Jeunesse.

Du même auteur dans Bayard Poche :

*Le match d'Alice - Minuit dans le marais - Les sortilèges de Lucie Caboche* - La série *Lili Barouf* (Mes premiers J'aime lire)
*Mystère et carabistouilles - Courage, Trouillard ! - L'île aux pirates* (J'aime lire)

**Régis Faller** est né en 1968 à Obernai. Il a suivi des études à l'École des arts décoratifs de Strasbourg. Aujourd'hui graphiste au magazine *Astrapi*, il garde du temps pour illustrer de nombreux ouvrages publiés aux éditions Nathan, Flammarion, Albin Michel et Bayard Jeunesse.

Du même illustrateur dans Bayard Poche :

*L'Ours abandonné* (Mes premiers J'aime lire)
*Petit Motus et grands soucis - Qui a peur du Jurugugu ?* (J'aime lire)

*Quatrième édition*

© 2009, Bayard Éditions
© 2006, Bayard Éditions Jeunesse
© 2004, magazine *Mes premiers J'aime lire*
Tous les droits réservés. Reproduction, même partielle, interdite.
Dépôt légal : mars 2006
ISBN : 978-2-7470-1955-2
Loi du 16 juillet 1949 sur les publications destinées à la jeunesse.

# Les farceurs

Une histoire écrite par Arnaud Alméras
illustrée par Régis Faller

mes premiers
j'aime lire
bayard poche

# Chapitre 1

## Drôle de moutarde

Chaque année, mon petit frère Léo et moi, nous passons une partie des vacances avec nos grands-parents. Nous adorons aller chez eux, surtout parce que Grand-père est un blagueur. Il aime nous faire rire, et parfois aussi taquiner Mamie...

Ce matin, j'accompagne Grand-père pour aller faire des courses. Quand nous passons devant le bazar, Grand-père me prend par l'épaule en me montrant la vitrine :

– Regarde, Clara ! Des farces et attrapes !

Il me fait un clin d'œil, et pousse la porte du magasin :

– Viens !

À midi, à table, dès que Mamie sert la viande, je lui propose :

– Mamie, tu veux de la moutarde avec le rôti ?

Mamie secoue la tête :

– Non, merci.

Grand-père insiste :

– Tu devrais essayer, je t'assure ! Elle est très bonne.

– Tu sais bien que je n'aime pas tellement la moutarde, répond Mamie.

– Celle-là est vraiment délicieuse, renchérit Grand-père. Ouvre le pot, tu verras !

Mamie nous regarde l'un après l'autre en fronçant les sourcils. Elle ouvre le pot...

Wiiizzz !!! un serpent vert en jaillit dans un grand sifflement. Mamie pousse un cri de surprise... et mon petit frère Léo fond en larmes !

Nous lui montrons alors que c'est un faux serpent en plastique, avec un ressort.

Je lui répète trois fois qu'on a acheté ce pot dans un magasin de farces et attrapes. Mais Léo continue de pleurer.

Notre farce n'a pas trop bien marché...

## Chapitre 2

## Blagues en cascade

Après le déjeuner, Mamie sort prendre le café chez une amie.

Nous en profitons pour épingler une araignée en plastique sur les rideaux du salon. Et parmi les verres nous glissons un verre-baveur. C'est un verre percé, en haut, de petits trous presque invisibles.

Ce soir, lorsque je mettrai la table, je donnerai le verre-baveur à Mamie. Cette fois-ci, j'explique bien tout à Léo, pour qu'il rigole au lieu de pleurer. Léo, Grand-père et moi sommes de plus en plus excités.

Sur la fenêtre du salon, Grand-père cherche le meilleur endroit où poser un faux « carreau cassé » : c'est un autocollant transparent sur lequel sont dessinées des zébrures.

– Je vais le coller en haut, dit-il. Comme ça, votre grand-mère croira que la vitre est cassée.

Grand-père grimpe sur le tabouret. Il veut appuyer l'autocollant sur la vitre, mais soudain il perd l'équilibre. Il pousse un cri : « Ooooh ! » et il fait une sorte de galipette avant de retomber sur le dos.

Léo et moi, nous nous précipitons vers lui :

– Grand-père !

Il essaie de sourire, mais il ne réussit pas très bien. Il dit avec une drôle de voix :

– Je n'arrive plus à me relever. Allez chercher le voisin !

Trois minutes plus tard, nous sommes de retour avec le voisin. Inquiet, il se penche sur Grand-père :

– Vous êtes tombé sur le dos ?

– Ça va aller. J'ai juste mal là, sur le côté, et je n'arrive pas à me relever.

Le voisin aide Grand-père à s'allonger sur le canapé. Ensuite, il appelle le médecin.

# Chapitre 4

## Bande de cornichons

Un quart d'heure plus tard, Mamie arrive, en même temps que le docteur Boudier. En voyant Grand-père, elle s'écrie :

– Oh ! Mais... qu'est-ce que tu as ?

Léo et moi, nous lui racontons l'accident. Nous parlons tous les deux en même temps, mais elle réussit quand même à comprendre ce qui s'est passé.

Peu après, le docteur Boudier nous rassure :

– Votre grand-père s'est cassé deux côtes... C'est douloureux, mais ce n'est pas très grave. Il n'y a rien d'autre à faire qu'attendre.

Mamie raccompagne le médecin jusqu'à la grille, puis elle revient s'asseoir à côté de Grand-père.

– Mon chéri, tu n'as pas trop mal ? lui demande-t-elle.

Grand-père soupire :

– Ça va, ça va. Le docteur m'a dit que la seule chose à éviter, c'est de tousser et de rire. Enfin, il n'y a pas beaucoup de risques que j'aie envie de rire !

Mamie le regarde en secouant la tête :

– Tout de même ! Tomber d'un tabouret en voulant faire une farce... À ton âge !

Soudain, Mamie sursaute et tend le doigt vers les rideaux :

– Oh ! Elle est énorme !

Elle va chercher un balai et se met à donner de grands coups sur l'araignée.

Mais elle a beau taper, l'araignée ne bouge pas !

– Oh ! la saleté ! Mais...

Mamie comprend enfin qu'il s'agit d'une fausse araignée épinglée sur le rideau !

Elle se tourne vers nous en fronçant les sourcils :

– Vous m'avez bien eue ! Ah, vous faites une belle bande de cornichons !

Léo éclate de rire. Moi, je baisse la tête en essayant de résister. Grand-père se mord la lèvre : il nous fait des signes avec la main pour qu'on arrête de rire. Le pauvre, avec ses deux côtes cassées, ce n'est pas le moment de le faire rigoler !

Mamie secoue la tête en souriant :
– Allez, on va tous se calmer... Je crois qu'on a eu assez d'émotions, aujourd'hui.

Elle se tourne vers Grand-père :
– Pour commencer, il faut que je te donne les comprimés que le médecin a laissés pour toi...

Mamie revient peu après avec un verre d'eau, qu'elle tend à Grand-père.

Grand-père prend le verre et le porte à ses lèvres pour avaler les comprimés. C'est alors qu'un filet d'eau se met à dégouliner sur son menton et à couler sur sa chemise.

– Qu'est-ce que… ? s'exclame Grand-père en regardant sa chemise.

C'est le verre-baveur ! Mamie lui a donné le verre-baveur pour qu'il avale ses médicaments ! Alors, on est tous pris d'un fou rire. Impossible de se retenir... surtout Grand-père ! C'est bizarre, parce qu'il rit en grimaçant. Il gémit :

– Aïe ! Oh, ça me fait mal ! Je vous en prie... Arrêtez ! Arrêtez ! Pitié, ne me faites pas rire !

Se faire peur et frissonner
de plaisir

Réfléchir et comprendre
la vie de tous les jours

Rêver et voyager
dans des univers fabuleux

Rire et sourire
avec des personnages insolites

Se lancer dans des aventures
pleines de rebondissements

© Eric Gasté

© bayard

## Presse

Spécial CP-CE1

*Mes premiers J'aime lire,* un magazine **spécialement conçu pour accompagner les enfants du CP et du CE1** dans leur apprentissage de la lecture.

Un rendez-vous mensuel avec **plusieurs formes et niveaux de lecture :**

- une histoire courte
- un vrai petit roman illustré inédit
- des jeux et la BD Martin Matin

Avec un **CD audio** pour faciliter l'entrée dans l'écrit.

Chaque mois, les **progrès de lecture de l'enfant sont valorisés**, du déchiffrage d'une consigne de jeux à la fierté de lire son premier roman tout seul.

Réalisé en collaboration avec des orthophonistes et des enseignants.

Pour en savoir plus : *www.mespremiersjaimelire.com*

**Édition**

Se faire peur et frissonner
de plaisir

Réfléchir et comprendre
la vie de tous les jours

Rêver et voyager
dans des univers fabuleux

Rire et sourire
avec des personnages insolites

Se lancer dans des aventures
pleines de rebondissements

Tes histoires préférées
enfin **racontées** !
*J'écoute* **J'AIME LIRE**

## Presse

Le magazine *J'aime lire* accompagne les enfants dans des **grands moments de lecture**

Une année de *J'aime lire*, c'est :

**- 12 romans de genres toujours différents :** vie quotidienne, merveilleux, énigme...

**- Des romans créés pour des enfants d'aujourd'hui** par les meilleurs auteurs et illustrateurs jeunesse.

**- Un confort de lecture très étudié** pour faciliter l'entrée dans l'écrit : place de l'illustration, longueur du roman, structuration par chapitres, typographie adaptée aux jeunes lecteurs.

Chaque mois : un roman illustré inédit, 16 pages de BD, et des jeux pour découvrir le plaisir de jouer avec les mots.

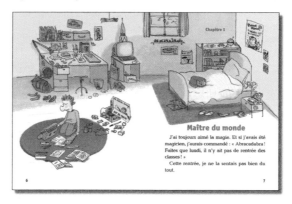

Achevé d'imprimer en 2009 par Pollina
85400 LUÇON - N° Impression :L 50757A
Imprimé en France